A los niños, que no entienden de guerras.
FRAN PINTADERA

A Carlota, Valentina, Lana y a todos los pequeños,
con la esperanza de que no tengan que vivir las
guerras de los mayores.
TXELL DARNÉ

© 2017 texto: Fran Pintadera
© 2017 ilustración: Txell Darné
Primera edición en castellano: octubre de 2017
Maquetación: Canseixanta
© 2017 Takatuka SL, Barcelona
www.takatuka.cat
Impreso en Novoprint
ISBN: 978-84-16003-96-9
Depósito legal: B 19424 - 2017

Con el apoyo del Departament de Cultura

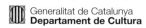
Generalitat de Catalunya
Departament de Cultura

MIXTO
Papel procedente de
fuentes responsables
FSC® C019520

una MONTAÑA cualquiera

FRAN PINTADERA · TXELL DARNÉ

TakaTuka

Más allá del horizonte, existe una montaña poblada por personas alegres.

Los habitantes de arriba de la montaña tienen motivos para ser felices. Allí el viento sopla fresco y el sol les acompaña a todas horas. Las vistas desde lo alto son espectaculares.

Los vecinos de abajo de la montaña también tienen
razones para estar contentos. El río pasa bordeando
sus casas. En él lavan la ropa y juegan. A la sombra de
la montaña cultivan deliciosos espárragos blancos.

En lo alto de la montaña se pueden volar cometas y ver hermosos atardeceres. Aunque, por motivos obvios, no se puede jugar al fútbol.

Al pie de la montaña pueden ir en bicicleta de un lugar a otro sin ningún esfuerzo. Pero, por más que lo intentan, no pueden saltar en paracaídas.

Los de arriba de la montaña no
tienen ninguna duda:
su pueblo es el mejor de todos.

Los de abajo de la montaña lo tienen claro:
ningún pueblo es mejor que el suyo.

Los de arriba han preparado una gran fiesta. Quieren celebrar que son los mejores. Hay guirnaldas, luces de colores y comida en abundancia.

Los de abajo tienen listo su festejo. La banda de música está preparada, también los fuegos artificiales. Celebran que no hay nadie como ellos.

El cielo se llena de figuras brillantes y toneladas de pólvora. Los de abajo de la montaña sonríen entusiasmados.
—¡Qué gran espectáculo! —vitorean.

Arriba de la montaña los rostros son muy diferentes.
El espeso humo y el ruido de los cohetes han arruinado
su fiesta.

—¡Esto es una ofensa! —grita alguien.
—¡Nos atacan! —exclama otro.
Y, furiosos e indignados, los vecinos de arriba deciden
responder a los de abajo.

Empujan gigantescas piedras hasta el borde de la montaña. La pronunciada pendiente hace el resto.

Se produce un ruido ensordecedor. Los vecinos de abajo se miran con sorpresa. No entienden lo que pasa, pero no hay tiempo para preguntas. ¡Tienen que defenderse!

Las pesadas piedras sirven para cargar sus catapultas. En unos instantes, el cielo se llena de rocas silbantes. El estruendo es increíble.

Las piedras aterrizan en lo alto de la montaña destrozando todo lo que tocan.
Los vecinos de arriba replican veloces.
—¡Hay que darles un escarmiento! —vocean exaltados.

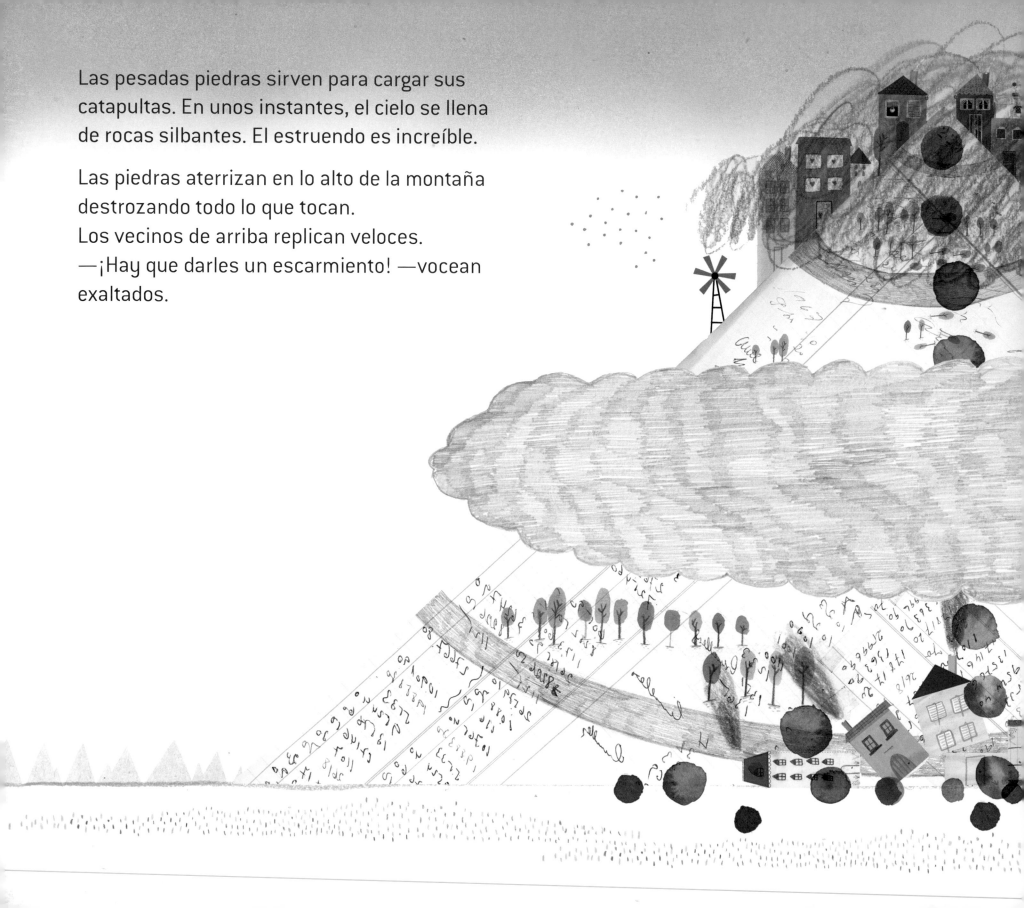

Segundos más tarde, decenas de troncos ruedan ladera abajo. Avanzan a toda prisa. El estrépito de la madera, al chocar contra las casas, se mezcla con los gritos.

Abajo, las caras se tornan tristes. Se sienten débiles pero nadie piensa en rendirse. Utilizan los troncos caídos para fabricar un descomunal ariete y golpean, con toda su fuerza, la base de la montaña.

La enorme mole de piedra se estremece. También sus habitantes.

Las sacudidas han destrozado lo que aún se mantenía en pie. Todo lo que queda es un paisaje desolador y un profundo silencio.

A un lado de la montaña, un pueblo alegre y tranquilo observa atónito el enfrentamiento. No comprenden qué ha ocurrido.

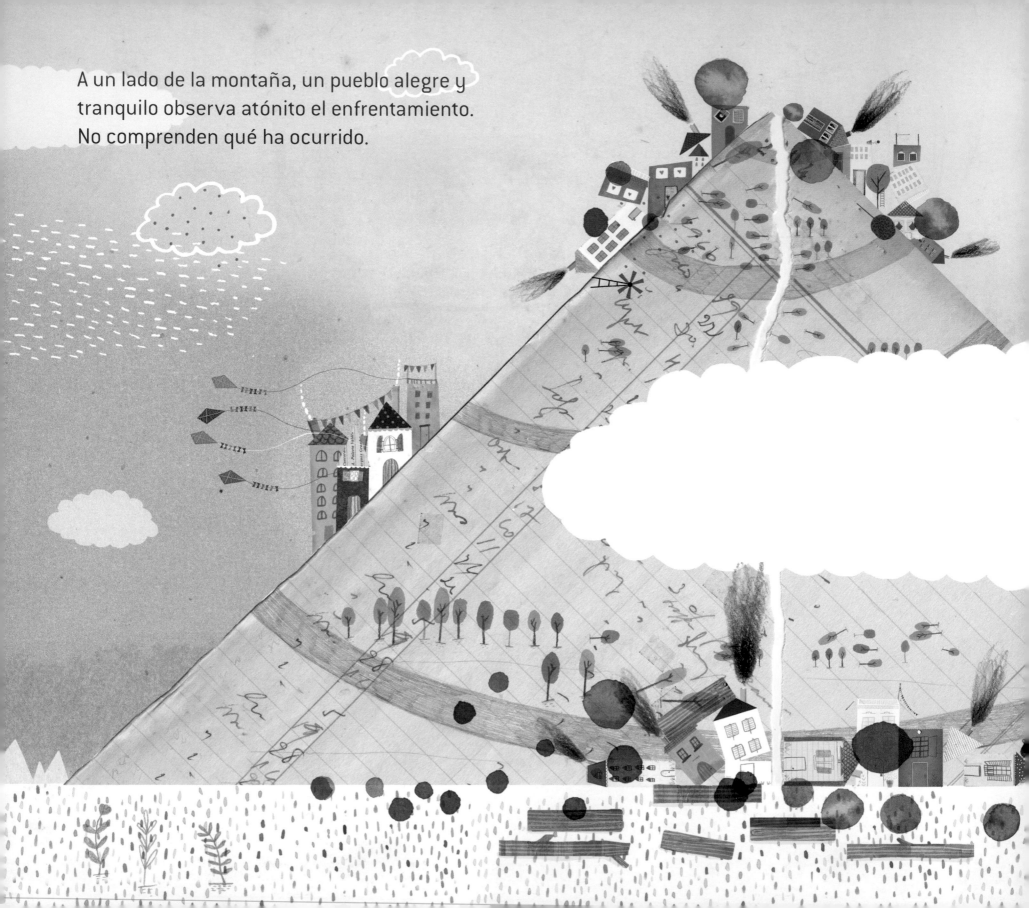

Saben que ninguna guerra servirá para mostrar qué pueblo es el mejor de todos. Además… ¡está claro que el mejor de todos es el suyo!

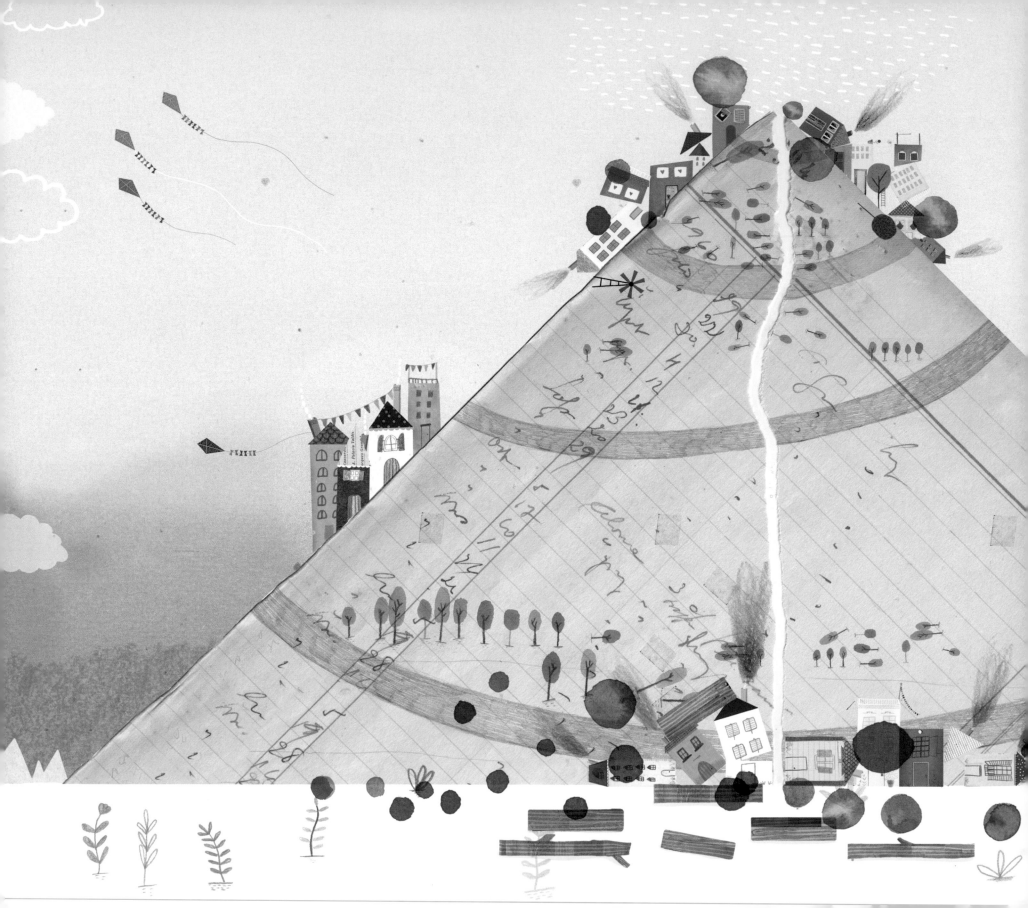

Al otro lado de la montaña, sin embargo,
un pequeño y feliz poblado
no opina lo mismo.

31901063451217